涅槃歌

倉内佐知子

思潮社

涅槃歌

倉内佐知子

思潮社

涅槃歌　目次

装幀＝思潮社装幀室

涅槃歌

海鳩

―潮騒が希望だった―

ぐしゃぐしゃに砕かれた大顎の破片が散乱し
ているのは知っていたがここのものではない
さんざん悪質を通過しなお何ものとも繋がら
ない兵器的非感覚の海を死生の循環の内へと
流し込むなど可能かぶふぅィ暫し棘状の海塚
にうずくまりわたくしたち固有の肉体がはぜ
る記憶の不安に堪える堪えて嚙む海鳩が翔ぶ

〈母ァさん　母ァさん〉

あなたさえこたえようもないのです

〈嘘つきィ暗くてあなたの心音とどかない〉

遠のいていく魚の明晰がききっ肺まで迫って
くる釣り人は何年もかけて彼らの軟骨が深海
に降りしきる微かな煩悶を聴きとるだろうあ
あ溶けて遺棄されたもの糸井海岸廃屋通り人
造海塚あめふらしの過敏な表皮が放つ悲鳴の
ような汁をも圧縮し手の施しようもなくなっ
たわたくしたちの骨格はぶふぅィコンクリー
トの上に横たえ脱臼しそこで乾く海鳩が啼く

〈秘密はやわらかいィ〉
あなたの指先がもう触ることもないのです
幼弟の仰向けの漏斗胸に米粒を数え入れる
〈姉ェさんあなたの温度しずんでくゥ〉

海鳩は二三度くるぶしの向きを変えるとほう
ら内臓を突き出すようにまっすぐ沖を射し静
止した発つのか発たないのか浅はかに問うも
のに彼はゴムであるクッ力みながら彼は震え
震えながらつま先立つ冴えわたり血走った鳥
の白目に強く弱く花火のような海の火が瞬く
幻生き続けるものいちめんの火ィの海が轟く

海星

―貝塚はばらまかれた―

顔はいつも海岸に向けて生きてきた　川すじを
大事にするのはそれが血族ののぼりだからだ
首はくねっくね　目鼻は薄く平らに削がれ　ず
っと屯田兵の秘密のお産を繰り返してきた　バ
ス停のわらの五月人形は燃え残りの匂いがする
この町の祖霊に向かって耳をすます　くらくら
砦から威嚇する鋭いものの姿が異民族の男であ
るのも手にあまる　いらいら麓から河口までの
短いなだらかな勾配を擦り落ちる　こばまれて
いるという安堵　つま先の蠢動　瓦　浮いてい

る　北の地質がうす嗤う　なおこの町を滑り落ちながら　ああ何もないのだなぁ　海岸にしがみつく　しかし　どの部位でか！

「むかしぃむかしぃあるところにぃ・・・・」
そのリズムの痙攣　ひらかれない　口唇
埋葬者のしっぽのようなものが切れて・・いた

ヒトデとわたし　港の堆積物をこじ開ける部位がない　たまらない何もなぁい　その一瞬一瞬ゆっくり吸盤が腐朽し変色し　ふとももの隙間をこそげ取るようにやっと息をする悲話　この町にもシシャの墓場は見あたらない　感じられ

ないのだ　〈いっしゅんいっしゅんのその冷たい顔〉　網代町一丁目四つ辻公園側溝　乱暴にさばかれた異物の切断面をなびかせながら仰向けのヒトデがながれ出ていく　湾の子宮口には押しとどめる突起がない　その齟齬感がわたくしたちの生い立ちだ

クルミ、カシワ、ドングリ、ヤチダモ、キタコブシィ・・・・北黄金貝塚縄文の森再生計画ののぼりがはらはらっと手招きしているその手前で丘が燃え上がる　消耗の営みが透けるだけ透け

「母さん、たくさんの老人がピンクの介護センターに消えていくぅ・・・・」

わたくしたちの星形の表皮から突び出た　夥しい棘を焼く　懐かしいその臭いさえ透明である

黒澤の絵コンテ

母　を　他人はオバァチャンとよぶ
　　　　（おばぁちゃん、
ぎょっとして　確かめにいく
今朝は薄墨色の　わた人形がいた
昨夜は　菖蒲のみみの押し花だった
青むらさきのすじが　あちこち滲んでいた
起きてみるあなたは　たいてい老いている
　　　　（おばぁちゃん、

母　の　し　のはじまりのきわを

未だ　痩せたあなたの子ども達が歩く
　　　　（泣きなさい、
ずっと底にあった強靱な胞子がふと汗ばんで
流れ　きわ　きしっ越えて、・・・・いく、
子ども達のまあるい口が　ぎざぎざになる
見慣れたひとの顔形の　不在のギプス　線
植物を覆う　広大なシーツ
そのたおやかな繊維の　静寂と整合に驚く
　　　　（もっと　泣きなさい、
（もう　わらの井戸へ　埋めなさい、

鶯　ファントムの庭

夜更け　鍵穴の向こうの発火にあわてる
　　　　　〈ぜんぶ　燃やしなさい
火ばしらの中の　なないろの　いのち
　　　　　　澄んで　火番は堪えた
凄くたいらな　・・・・・・・・・・
　　　　　　忘れ去る　ゆめ　親しさ
ついに　ゆくり真ん中　台上の人影が崩れる
　　　　　あぁ　凍るひと
こだまし　みだれ飛ぶ　鶯
　〈ホケッキョ　ケッキョ　ケッ

焦げる境界　うぐいすいろの灰粉　わたくしは
鍵穴をじりじり覗きながら　あれは化身なのだ
静かにしたいと　思った　鍵向こうは死者の夢
顚末にちがいなかった　晴々と身じろぎもせず
燃えさかる　失うはずのものがわからなかった

絶壁の岩山に白人ふたりが短ぱん姿で張りつい
ている　彼らをふと憎いと思う　赤岩奇岩
あの山頂への樹木トンネル…子宮回帰の小径…
（・・き・の・う・の・つ・う・ろ・・）

ちいさなうた　濁り
黒髪のジプシーはさえずる　ホー　ホケッキョ

あるいは　キョッ　キョッ
いる　おとなしく　剝き出し　鳴らす
もどりつ　虚構が　濡らす　体毛　刈る
中腹で「コォニチウァ」と擦れ違う

石狩湾の腎臓辺り　麦酒を飲む　軽々しい遺言
経読鳥の黄色い下着が流れ着く八幡の

なないろの　あかり
ファントムの庭

（・・き・ん・ぎょ・が・き・え・た・・）
冬に失ったものが夏に産まれる
わたくし達の幻影にも霊土を踏み迷う旅人にも

あのひ　彼が海に放ったチェーホフの
ひょろりと波うつ白髪あたま　くち髭　未だ
青いオホーツクを漂泊しているのを識らない

音更日記

…静かの海に雨がふる…

髪に覆われた首筋の小さなくぼみに染み込んでいく
古い古いコスモスと次第に黒ずみ手に負えなくなった病痣との永い乖離　ふたつは別々の記憶と資質で生きなければならなかったことを不思議に感じながらも互いの残酷を責めるほど親身になれない隔たりを怖れた　コスモスがゆがんでいる　ゆがんでいるように見える　ゆがんではいない　ゆがむはずがない　彼は消えては現れる唐突としか言いようのない造形（かたち）のおびただしいダミーの雲海であぷあぷするしかなかったし　自分は口から肛門までの通路をくる日もくる日も棒で叩く　輪廻の生理を止められなかった
そして終始　窓をぶち破って自殺したかの男が空に突撃する姿が繰り返し左

目から右目に翔ぶのを止められなかった
夕方、さくらんぼを大量に食す。

：静かの海に雨がふる：
　　　　　　　彼と自分は時々ごく自然に入れ代わる自分の意思で
はなく水になったり器になったりするその入れ代わるだけの圧倒的な接近に
も交歓や覚醒の感覚が無い　ふたりはたまに言葉を交わすそうしたいと願う
のではなく言葉がそこにあるからだ　言葉の切片にも無数のへこみがあり光
が屈折するたびあいまいな混沌を放り投げていく　悪意のない笑みとがらく
たとぺろりとしなる・お・話・し・空・間　それでもふたりはたまに言葉を
交わす自分が記号であることを忘れてしまう刹那のせいだ　言葉は魔力を持
つが互いを蘇生させるのではなく専ら隔たりの確認のためぶらさがる
干麺を食す。物足りない。

：静かの海に雨がふる：

自分は口から何かどろどろとしたものを吐いたり首の周りを真っ赤に腫らしていたり肉体が危ないと見える時にも痛い思いをするしかなかった　声がしないのは隔離されているからだ　自分は傾きながら埋もれていく　彼は濡れていた内部から滲んでくるとめどないぬるぬるのその全体を突っ込みたくて　濡れ溢れていた　しかし満足の感覚はどこまでもなかった　呆れるほどの繰り返しが可能なのは何故なのか　どこにも彼の真実はなかった　しかし彼は桃の種のようまんまると奇抜に生まれて出てくる一日、豆腐ばかり食す。

：静かの海に雨がふる：

久しぶりに自分は顔色がいい　特別な訳があってのことではないから腑に落ちないが庭の石につつうっと一すじ水がながれ落ちるのを感じてニタリと嗤った　忽ち頬の溝が褶曲しながら凍結する　こんなつもりではなかったのに自分には術が見当たらない　無常がゆがんでいる

ゆがんでいるように見える　ゆがんではいない　ゆがむはずがない　彼は泣けない泣くこと自体を理解できないので彼自身を産み出した存在への実感も持たない彼は過ぎていくただ過ぎていく圧倒的な静かなフェルメールの眺望のように

美味。蕨の酢醤油。

：静かの海に雨がふる：

　　　　　ここは何処なのかここは始めでもなく今でもなく明日でもなくましてや懐疑はノー　あり得ないノー　ノーサンギュ　ギュッと締めつけた空腹から幻覚の食卓がひろがる　食べて食べて食べて食べて食べて食べて食べて食べて食べて食べて食べて食べて食べて　もっともっともっともっともっともっと・・・・・満腹の快楽はふと躓く　ノーノー食べつくすことのできない連鎖　いつも躓くのだ　彼は食卓の絵を描くあれほどの名画からただ一本の繊維を取り出し〝恐怖〟と名づける　自分はそれを遊戯と感じていたがいったいそんな抗議など何になろう？

体調悪し。食さず。

‥静かの海に雨がふる‥‥

〝ぺ〟とか〝ぱ〟とか半濁音でできた女性と一緒に
暮らすのもいいと言う　あなたらしいと笑ってみせたが本当は聞き流すしか
ないと思っていた　だってそうでしょ　ぺって風船の接尾語みたいなもの
そんな女いる訳ない　でもふと考えると本当はずっと夢みていたいずっと夢
をみてきたと言ってるのだろう　彼ともあろうものも実は惑うのだ誰にもわ
からないところで淫するように　だがふたりには通路が見えない　言葉と言
葉が彼方の通りで窒息している　連れだって街へ出掛けても何度そうしても
墓場までも

朝からずっとゼリーやプリンやぺろんぺろんしたものばかり食す。軽い。

‥静かの海に雨がふる‥

異様に長い茎の先の黄色い花面がゆらゆら揺れる

刈り取られた芝に突き刺さったような一面の茎が風の中に消えると　空中に浮いた無数の黄色の点が固有の遊泳を始める　花の想像が自分を苦しめるのかあるいは放心させるのかその両方なのかふと判らなくなる　面倒は起こすな菊は菊なのだ　夕方おおかた造成が進んだ伐採林の野原に出ると一面の月見草畑だった　不思議な生え方をしている　考えるな黄色は黄色　草は草なのだった　淡く濃密な花びらの点滅　そんな原には駆け寄るな決まって思いもかけない虫が現れ退散するはめになるだけだから　切断がまぶしい　彼もまぶしい
アルゼンチン産ワインを一本空ける。酔う。

：静かの海に雨がふる：

見知らぬ詩人から詩集が届けられる　包みのなかの気配や思惑の荒熱を冷まさなければ本質は立ち現れない　もし本質がなくても事実は露になる　しかしかの詩人は今頃スーパーの食品売り場で茄子を一袋にするか二袋にするか迷っているはずだった　エリアーデは霧の変幻にひ

っかき傷をつける　傷と傷とを繋ぐ線はいらない　霧はひとりでに動きはじめるからだ　彼は多分霧に似ていた　エリアーデが真ん中にいる　自分はひっかき傷の一本だろう　彼は変幻する　エリアーデは苦悩する　自分はスーパーに行く　詩集は棄てられる
茄子は一夜漬けなった。

：静かの海に雨がふる：
　　　　　出血の危険を冒しても剝がしたい痣は剝がしたい

掻きたい腫れは掻きたい　ありもしない懐疑をそんな行為にまで波及させるのは愚かばかりでなく滑稽だ　呪われた人々の実在を彼は擁護しさらにけしかけたりもする　もっとできただろう　しかも妄執の苦しみはさらりとかわすのだ　自分は見えるものしか見ない　暴力とも無縁だ　かさぶたは自ら消えていく　新しく名付けるものの不在と肉体が一致する実感を生きる　彼を忘却できるのは救いだ　血だらけの皮膚に薬を塗り込めながら雨の音を聴くいや雨が屋根や地面を叩く音を聴く　あのぴちゃぴちゃというのは何の音な

のだろう　スイカズラの葉陰にたわむように落ちる瞬間の雨はなまめかしい
戴いたゼリーを口にすべらす。たよりない触感。

：静かの海に雨がふる：

絶えず身軀から発する匂いを嗅いでいる　こすり合わせると強い刺激が鼻孔から脳髄へと届く　気持ちがいい　先ず指先　手の甲　唇　腋の下　臍　陰部　くるぶし　幽かな荒廃と懐かしさと生物の迷宮がある　彼は自閉の窓をするりと越えて向こうの窓に飛びつく　墜ちるかどうかのスリルと際限のない命への妄想が彼には可能だ　しかも一方で恐怖を叫びながら　遊戯といってしまうのはたやすいが可動式のドアに乗るものの正体を未だ言い当てた者などいない　自分は匂いを嗅ぎ続ける起きたまま遠くでバタッバタッ窓の開閉する音を聞きながら　あれは誰なのだろう?
夜中、彼が家中にローズマリーを蒔いている。それを拾って食べる。

‥静かの海に雨がふる‥

自分は起きているいつだって起きている声の調子の一つふたつが気に障ったり誰かの不在に苛立ったり絶えず自分を規定するものと共に起きている　彼は起きてこないいつまで待っても起きてこないまた何処かをふらついているのだ　そう何処かでしかない何処かを　もしもしいったい何処で何をしているの？　もしもし少しは説明してみたらどう？　洞窟の耳が見えてくる　なんてつまらないこと聞くんだ！　あの一番の賞を貰った小説もひどかった　なんてつまらないこと書くんだ！　彼は珍しく怒った　へぇ実際理解したかどうかは問題ではなくすぐに彼は眠った　もしもしもしもし　もしもし　もしもし　もしもし　もしもし　もしも　起きてこない

ハウス蜜柑を幾つも食す。いただきものの。

‥静かの海に雨がふる‥

あれこれ彼の品定めのようなことをしていても居心

地が良くなる訳ではなくふと独りごちる真理に出くわすわけでもなく言わば解答のない問いかけの周りを堂々巡りしているらしいということは重々判っていてまるで信仰みたいだとちょっと無気力になる　さぁお行きなさい何処でも好きな所へと心底別れの挨拶が口から出かかってふわりと胸のあたりに嗅いだこともない空気が一瞬吹き溜まり嗚咽が込み上げてきた　しかしつーんとした張りは次の瞬間　床に落としたタオルのようでしかなく　タオルを拾ったら洗うしかなく広げて干して今日中に乾けばいいなどと頭をよぎるもののせいで彼との別れは棚上げされる　よぎるという現れ方その累積を生といっていい彼はそうも言う
かつおの白髪葱巻き。串になったもの。美味しい。

：静かの海に雨がふる：

　最北のブナ林への入り口は国道に面した小さな洞から始まるしばらくは右に広がるブナの大木林が開放感と涼をはこんでくるがやがて雑草とりわけ驚くほど背の高い笹に取り囲まれた小道はひとところに

留まることをさせない圧迫感に変わる　加えて蜂が執拗に取りついて離れないから逃げ惑う立場に墜とされる　立場は目的地に着いても変わらないからずっとほとんど防御姿勢のままブナ林を駆け足で戻ってくる　あの蜂のせいで何かがくつがえされてしまった　脆い　脆い　抱いたブナの木もたった二本きりだった　ブナは何も伝えてこないそういうものだったと感心する　さっぱりしてさよならが言えた　そのぐらい勝手で気儘なものなのだ　あんまり騒ぐな言葉は知れている

海辺の街で寿司を食す。生ちらしを注文すると、板前は拗ねたような嘲笑的反応を示す。味は凄い。

：静かの海に雨がふる：

　暑い暑い暑い夏のだらだら汗について再考しながら自分の肉体の欠陥や弱点をいちいち挙げつらってそれらを一掃することのできない意識の暗闇がもたらす偏生にふと合点がいくと　彼という存在の生成その謎への執着と軽蔑がはっきり現れてくる　一方で特に太股の付け根あた

りに溜まる汗汗汗と湿った下着の不快　どうしてあんな箇所に汗腺が密集しているのか誰にも訊いたことがないのはどうしてか　下着を換えるかもう少し我慢するか　思考の憂鬱がさらなる汗の発汗を促すのを感じながらそうそうあくまで感じつつ・・・・・楽園追放の男女の線画があんまり簡潔すぎてそう蛇さえそれほど悪意に満ちている存在とも感じられず表現の稚拙と限界諦めと汗の不快が混じり合う世界を誰が描けよう　悲嘆する　嘆きは救いでもあるのだ

何を食したかほとんど記憶していない。何かを少しずつ。

：静かの海に雨がふる：

　砂時計の化石に似てこの暗く柔らかい凹凸は何処かで体験した果ての果て　終わりの終わり　強靱な空無に支配されている　彼はそこで生まれそこに還る　からりと乾いた石のひとつ　塊　やがて石の海ずっと石の海　一度も生者にならなかった　実際彼のすがたが姿であったためしがなく　そろそろ本音を言うべき時だという正義もまるでなかった　第

一章から最終章まで　ただ彼を静かと命名したのは自分自身にちがいない
彼を愛しているか　ノンである　彼を愛していたか　ノンである　奇跡を愛するか　ノンである　思い出も幻想もノンである　ノン　ノン　ノン　ノン
／／／／／／／／／／　今　ひとつ　蒸発する　この　雨の言葉さえ

北の峠

なぜ人はこの原風景を体内に留めておくことができなかったのか
わたくしたちの成り立ちと離れすぎた驚異の稜線
仰ぎなぞりながら近づいて行く　まばゆく澄んだレンズの飽和
血の沈黙と　さらに何億の水泡　樹根　枯れ葉のひとすじ
珠芽そっくりの石ひとつ食べたこともない口と

色褪せた今年さいごの一輪はこれか
遙か孤高のイシギキョウは何処かで冬籠もり
幼年わたくしたちが投げたすべらかな石塊の

石自身の事実を覆う
ありようもない痕跡をでっち上げながら

この拒絶と寂寥の不動地霊を肌色のメタファーで切り刻む
生まれることと生まれなかったことへの同質感や
あちこちの暗闇に花を置くみじかい手と
拷問で逝った兵士たちの縁起や草木の日々の交わりへ
いずれわたくしたちも流れ出ていくという情念の

果たしてイディアとは悪魔か
あの日雪の坂道で消えたアイヌの神々の凍裂や
じょおりじょおりブタの口腔内で砕かれた豆電球の恐怖と
その輪郭をぐにゃぐにゃにかき混ぜるマリアの受胎に似て

どれどれもの幻想を語りながらわたくしたちは老いてきた

すでに北にひそむわずかな岩場にさえ
自然言語の記憶なく　異形の門口なく
わたくしたちはわずかに舌の先を痙攣させ
なにごとか吐き出すと
石仏一体ない峠をひょりひょり滑り下りる

青空

腹這いの鳥たちよ今宵どこでどう眠るのかその体位は・・・・・
（からまったすすきの恋びとの夜具・・森の藻の陰へ・・音は聞こえない
そこで産まれてくる児にもう生殖器はやらない
それよりもカタピラーとある気配への峻別器をおまえに

伝わらない記憶を悲嘆く来歴も偽りだ
それよりもいっそアトムのような白痴をおまえに
（しわしわの宇宙のしびれる指先が・・・・もう鳥のままではこわいのだ
くちひそむ嘴の音楽が奇声に変わるのは何時か・・・・・

ブルーマスクが額からずり落ち　上顔部の疲労がとことん進むと鼻の周囲から腐食がはじまり咀嚼の陸《こめかみ》までにじり寄ったがすでに耳たぶはぷらぷらおとがいは決壊した氷川となって頸動脈を切断せんばかりだこれには参った本当に参った当に気づいていたにもかかわらずだめだやっぱりだめだこんなに乾いているねこんなに小さい流れ星になってしまった

バードのじかん、バードのとむらい、バードのうみ、バードのほほぼね、バードのちんちん、バードのバンドエイド、バードのホラ、ほらというほらもない空　《・・・ウト　ナイ　空　海　そ　ら　そら・・・・》

飛ぶというのはどういうこと？　冷たい？　匂う？　いったい何処へ？いつ？　こんな不格好で？　幽かな湿り気が昇っていくじっとしていると凍えてしまうさァあきらめるゥとやっぱりあきらめるゥの空へ言えないィとやっぱり言えないィの空へくねくねの気持ちと冷え切った軀はそれでも聖域の向こうへ記憶のみなもとへちらっちらちらっと　《　飛んでみたか

った？》

涼しい　けれども汚れくぐもったうす青い塀へ
消えろ　禁猟区のそらは
きつく　彩色のジャンボ機を抱え入れ
なんども　なんども交尾する　からからのパルプ煙突
萎える　オオルリコルリ　みじかい
よわい　息ピールリ　ポールリ

いちわが歪む　　にいわが狂う
さんわが舞う　ひゃっぱが吊る
いくたが黴びる
ケルト人もいっしょだ

チュイイ　チュイイ　チュイイ

クサシギの濃く淡いぶちの
海苔色に溶け入るツキヨタケをついばむ
影らんらん　幽に発光するよばい星
（高さ百キロメートル　平均速度毎秒五十キロメートル・・・・・・
・・・・・・・・・・《わたくしたちの途方もない・・・・青空・・・・》

遮光幻想

（愛について書いているのでしょうか？（あのぉ・・・
《表層》という法螺の言葉に心音がふと止まる
どあ　がパタパタパタ・・・・・パタ・パタ・・
いや　カスカス・・カス・・・だったのかも・・・
ツチノコはぎざぎざにまみれて雲隠れる　気持ち
ほら。ほら。虚血の《愛》が弓なり爆ぜる

わたしは　みどり　です）クックックックックッ）

ロータリーの向こうは世界通行止めだった
吐息と臓器を縦に刻んで
人工林のスリットが彼女の破片にのしあがる
光を遮った女に足を乗せるたび心音が幽かに渇く
聴きたいとはいわない内耳の丘まで
倒木が振り向きざま分泌液をひっかけていく
濡れくぐもった春の雪の
記号の森の　みどり　蛇
幻の恥骨を締めつける
すべて固有でない愛の概念

（何も識らないで死んでいくのでしょうか？（もう・・

《もう　いいでしょッ》の《もう》は　表層ですよ

（笑い）カッコ笑い　も信用しないが　そんなもの
ですよ　言葉は幻想です　そして淫らです　一度だ
って実存体験なし　ツチノコはガウディとそっくり
です　いっそ　死を語りませんか！（カッコ笑い）

わたしは　みどり　です）クックックックッ）

流木が青空に足を突き上げていました
「倒立する風のまばたきのためにの樹花」
という名をいただき恥ずかしそうに
谷間で朽ちるのです
潮に漂白され白骨化した焚き木の
無時間イデアの内部を無傷で
通過する
あなた　あなたのボディ　不能　遊戯

瞬間という　演出
ロータリーに巻きつく　みどり　樹

シシリムカ

―神のべとべとは一度も振り返らなかった―

野焼きの傷跡は荒れ戦場の塹壕さながらそう感じては止められず駆け抜けたかったふとその不安がいっきに膨れ上がりこれはただならぬ水路なのだ　あれからずうっと不安で不安できっと今に砲弾が飛んでくる穴だらけぶっ飛ぶ荒野の野焼きに埋もれ逝く　傷付いた者は声が出ない　ふと思い描く小さな生きていた姿が健気に動いたり覗いたりぼうと立ち尽くしている幼年の恐怖が突きつけるあの瞬間の核心はこんな感じだったのか　そっくり剝き出し認めない　愚かしい　腑におちない　ひたいが縮む　これほどのことであったのか　判らないのだ判らない　強く強く撃たれ野焼きとともに燃え上がるのなら違う　何もかも違う　胸を砕かれた

がらの滑走が見える　アリゾナに咲いたかがやきの雲が流れ来る
白に混ざる白に消える白の恐怖とめくれる火傷跡　飛び散ったの
は回想だったのだ　わたくしたちの被爆白いもやから顕れる残骸

片腕は戻ってこない　　ジョンは眠り続けている
〈ジョンよ　もう何歳になったのだ
今では僅かな血族が泣き　忘れてはならないと著す
しかし　記録はひとり眠り続けている
アイヌの儀式はいつも少しさびしい
《沙流川ふきん燃やしますよ》と役場に届け出るたび
怒りで身体が痛痒くなる
沙流はすっかり白ちゃけ
色素のない花ばかり咲いている　いや　花は咲かなかった
流れている　流れ続けている

不意に満ちた軟骨魚の　尾の曲がりをいやす
寡黙な　フチの腕も　戻ってこない
〈唄ってください　せめてあなたのままで
あの憤怒と憎しみをすり抜けた飾り花よ
ジョンは納屋から二度と出てこない
日本人は頭巾を被って久しい
老婆は蟬になったという
あした　軍隊はクローンでまかなうらしい
沙流はもぐる　底無し　大きくなれない崩卵を抱く

》あれから？・・・・あの？・・・・・・から？
サカナが押し寄せ川面が盛り上がると　あたりがべとべとにきらめいた
千の遡上が押し開く　シシリムカの入り口
沙流はなだらかにみずみずしく濡れ
時空は力強く透明だった　神のべとべとはつつましく

なないろに輝いて・・・産卵はゆれゆれていた・・・・・≪
《ねんねの
お舟が
降りたぞ　降りたぞ
それこげ
それこげ》

≫あれから?・・・あの?・・・・・から?
ふたつの卵に違いなどなかった　わたしはあいつあいつはわたし
川の上流でわたしは神になり　あいつはもっと上まで泳いでいっ
た　あいつは顎を外し皮膚をち切りち切りあたりを真っ白に染め
ながら　凄い顔になっていった・・・嬉しかった・・・・・・・≪

ジョンよ　そこは酷いだろう　蒼ざめた瞼のうらの血のかたまり　封印
彼はいないのだ　それもちょっと横を向いた隙に　逃れるべき夜もなく
みせしめのダムの壁の幻の側溝には夥しい卵が詰まっていた
《葬り去る時だ》問いや散文の可能性もイマジネーションですら
《葬り去る時だ》べろりと剝けた薄い膜　いっき溶け流れる
薄桃色の液体の行き場のないこわれ　べろべろの恐怖と痛み　しかし果して
明らかな頽廃の川面にわたくしたちはまだ白いものとして映っている
花でもなく　故郷でもなく　まして思いでもなく　なぞらえるな
灼熱の朦朧とした時の中で　この風さえ溶けた　とけ　とけ
拒まれ捏造された風　あるいは　生物を抹殺したからくりの文明　へんげ

フェニックスから風の谷へ

さらに風の谷からシシリムカへ

光る雪

もうひとつの物語・・・と言いながら　映像はお尻をぱっかと割った毛皮パンツから溢れる蒙古斑を三十センチの至近から　いわゆる　記録する両面の向こうの雪の広がりがお尻のせいでシーツになる　シミになる　さすがに排泄は映さない　北方民族博物館は氷を抱き締める　抱かなければならないからだ　北方のふるえ震える　その振動が海豹皮の太鼓に裂かれうなり　うなる　白い毛皮は踊る　つるりとすべる皮膚が泡だつ　ムッとする　押し返す　ドッドッ　トト　太鼓が追って来る　震える　ぶち　ひりひりお尻でこでこお尻　博物館から出ていきなさい　出ていきなさい　痛ましいお尻はデスマスクと抵触し発熱する　剝製をわたしの体内に差し入れることはできないのだ　嗅いでみるといい　雪は腐っていないか？

いしきの袋

ねむりの袋

病する袋

ないぞうの袋

海を渡る袋

殺戮の袋

性交の袋

跳び上がる袋

からからの袋

臭い袋

奴隷の袋

ずぶ濡れの袋

鳥の袋

豆ニポポの袋

だれもが小さな生きものだったずっと変わりなく子どもだった雪川の下の
病院で布を織りながら　幾度も治療してもらった　春になっても溶けない
雪の島の子どもたち　顔の皺を剝きなさい　ひかりの布地で隠しなさい
わたくしたちの最後の血は手術台の上の何処かで埋められ　とりどりの袋
は閉じられ溢れもし　時に謎めいた破裂音のせいで見失いもした

北緯44度　冬　剝製の街
ぽつりぽつり　観光客に
放射能が降る
口の中で米が踊り
口の中から味がこぼれ
口の中が発光し
口の中の暗闇で
生きものが騒いでいる
いや　傷付きすさんでいく

鮮明と退化のみじかい戦　まちがい　逃げ

ゆっくり、風景がわたくしたち自身になるための道の、あのあけひろげられていた光へ、たちまち、暴力の、押しつけられた、コロニーという歯形、

賛美歌なく　修行僧なく　旅人なく　港の表面を覆う　褐色の錆と　氷柵こぞって中国人が流氷写真に映ってる
真新しい明るい生きものなのだな、
真新しいお尻が、袋の中で踊っているのだな、
つるり光る
北の紋様は生えている、か・・・・・

僅か、か・・・・すでに、か・・・・時空の壊疽がすすんでいる、狭い道々に予期せずたち現れる不思議な人々を眺めながら、みるものとみないものとのおおいなる乖離、・・・感染止まない生きもの、・・・その破壊力が

いよいよ想像できるようになる

迷いか感情かわからない
息苦しくてならない
博物館の埋葬跡はナトリウム塩で洗浄され
独居房は固く
ねじまがっていた
もう子どもには区別がつかない
念仏と出口はからからに乾いている
雪と雪の切れ目にびっしり張りついた
腐るものの移動
あれは向こうからやってくるのか　消えていくのか
バチバチ橇にあの親子が乗ったなら
カムチャッカに向け
ふんわり

汚れた雪は鋼のように
反り返るはずだった
・・・わたくしたちは見送っているのか、・・・・・・・・・・・・・・
・・・・・・・・・・・・・・・・・見送られているのか、・・・・・

露呈、犬たちの挽歌

犬は地面にはらはらする突起を突き刺すように散歩していた　あっちこっち
その路地にも生きのいい股間がゆっさゆっさゆれていた　どの子どもにもあ
れこれ何なのかわからない気持ち悪い知りたくて多分犬のリズムで見ていた
しばしば犬同士が擦れ違いざまキャアイーギイヒィヒィウー嬌声をあげては
吸いついたり嚙みあったりしていた　いかなる時も雄雌が問題なのだった
彼らはただ歩きながら宇宙の固有の性器になれた　散歩が終わるたびに物の
ように萎れたのは一本の鎖のせいだったが　鎖はまだ野の中に映えていた
ひとまず彼は自分の樹液に耐え　耐える時間のしたたりを舐めまわしていた
夜ごとほどこる犬たちが睡る船のデッキにガス燈が灯っていた

夜らしいまがまがしさ
夜らしいほどこし
たまたまの悲鳴
船尾のリラの匂い
キャビンは暗く
高揚《たか》ぶるかわいそうな生きものたちの
夜らしい夜の仮眠室
不審者《ケンジ》が見上げていたのは星空だった
うわつらばかりの旅行者だよ！*
こけもものツェラ高原をあるいて行く淋しさ**
五番館で買い求めた異国の種が発芽するさまを
それからいくつかの春
犬たちの股間は待つことができた

《ケンジ》ハカエッテイッタ

アノ夜　最北ノイーハトーヴ船ノマストカラ　ヒュルヒュル　ヒューイ
儚イモノタチガトビダシ　《ケンジ》ハクルクル闇ニ跳ネアガルト
柩ノヨウニ　ソレヲ引イテイッタ　天上のキタカミ　チカッチカッチ
細長クナメシタ　青白クウックシイ　花火ノ船

〈瞬時にあの船も進化のごみのなかに溶けるのだよ
　船体の傷が汚れた油のように広がるのだよ〉

五月の十五日間だけ
花粉は　笑い
　　舞い　　折れ　　千切れ　　すべての溝と穴へ　　刺し
　　　　　　　　　　　　　　　　　　　つらぬき
　しきりに　泣き　おののき　割れ　また巧みに　腰をくねくね　させた
時に柔らかいもののせいで毒を吐き

誰にも気付かれないようにすぱと消えた
それから
残りの待つだけの日々
頑丈な胚は自身の頑丈な宮を夢想し
犬はねだるように吠えた
すぐにでも交尾しなければならないのだ

『わらし、こさえるかわりに書いたのだもや』

ぜんたい！　何もかも！　ぴたり合致していた！
　　固い甲羅と、野性の夜と、・・・・・・粘液、スパイラル・・・
　・・・・・・分泌する元素と、痺れる膚感・・・・犬たちの放埒

じっとしていられない草々のタイルのような
宙に流れる五線の首つり縄のような

肺出血の花火を誘う
ウ・ツ・ク・シ・イ
露呈であった

そのひび　露呈そのもののひび　ひび　割れ

〈老人になったケンジに会った繊毛は伸び続け軟骨と軟骨が八方から接合
された不可思議な体型を持つ生きものたちとそっくりだったケンジが跨
がる犬たちの咄嗟の吠えに身震いする彼らはまだ瘡ぶたの性器を温存し
うるのか否雌犬は還れない還れない供物のように消えて遠いのだ〉

《ケンジ》　モウ　モウ　ソダタナイ！
ツル　マキ　ツル　ソラ　カラ　ツル
カラ　カラ　タネ　カラ　バラ　バラ！

＊宮澤賢治「オホーツク挽歌」参照。原文は（Casual observer！ Superficial traveler！）。

＊＊宮澤賢治「インドラの網」参照。

朗読する島

黄泉にむかったらいかがですか　ポルの
　　　　　ほら　それというのも
広っぱだらけの草まくら　ぼうぼう草の本能ばかり
あおい　雑草に隠れてしまうくらいの　ほとんど目立たない
　　　　　わずかなことば
眼も鼻も小さくユルユルした生きもの
　　　　　聴・こ・え・る
なんかこうぜんぶがはずれているという感じの呼吸
静かに　動くという強さでなく　ぷっくと生まれ出て
　　くらっくらっという変幻するように

たちまち　もう忘れつづけながら消え去る
　有るも無いも　意識すら持たないらしい
　　終わりがないのでなく
　あの日　どこにもいないの
　　　果て　生死さえ
　　　　離れ

《今になって松浦は顔を上げた　表面がこわばっていた》

未来少女には時間と花火の区別もつかない　あるいは　永遠の凍り
森に吸い寄せられた蝶群のごと　騒乱にも見えるが
今　産道を通ったばかりのエゴの祭り　回帰にも思える　　さぁ

かつて　詩人が〈浮遊するもの〉・・・・・・としか書けなかった・・・
・・翔びつづける　手探りの瞬間放浪のようなさびしさではなく　さぁ

《・・・・無意識のはがね・・・
　　　　・つうてん・
　　　　　　　　・・・・・軟らかなピラミッドの頂き・》

朗読する草木たちが　じっとそのままに　そのままに　開閉するから
　　　　やっと　ゃっと　心の臓のカゴのような杭のなかに
彼女たちは塵として留まることができる　さぁ
　　　　　　　　　　やっとここまでたどり来て
未来少女はもう眠ろうとしている

背骨が曲がっているよ
足首も曲がっているよ
眼や口は何処でなくしたのか　さぁ
かがやくアンモナイトの子宮で
ねむ　る　ねむ　る　ねむ
る　赤い虫　黒い虫　緑虫　光年の種をかき分け
そこにある　小石が傾き傾き　ぽとっ　ぽとっ
ぽと　ぽと　ぽと　ぽ　と　ぽ　ぽ　と
降り降り降りながら
よぎるものと　澱むものと
わからなくなる　さぁ

《その時　松浦も島も一瞬ぐっぐらっとしたはずだった》

松浦は山のことばと海のことばとを使いこなしたらしいが

そこにあったものではなかった
いや　ぞろぞろとついてくる気配　ニングルたちの折れ曲がる鼻
道々にぷいいと現れためざめ　めざめ　めざめ　つぎつぎ
黒数珠十字でなぎ倒し
吐き　啼き　走り　奪い
断片ばかりをどっさり持ち帰った

ストーン　ストーン　ストーン　ストーン
松浦にはかけらしか聴こえない
精気　闇の畏怖に震える夜
苔のような視線が松浦の筆をはたりと惑わせたが
彼は最北の洞窟の壁画になりたかったのだ
島がうねる　朗読する
その時　キナは一瞬こわばった

神田五軒町一畳敷書斎「草の舎」は
北加伊道の石に埋もれる
ストーン　ストーン　ストーン　ストーン

じっと　じっと　壁画の端に少女がうずくまっている
彼女自身のちからで
昆虫のように
ひっそり　とまっている
小さな肛門から滲みでた体液が放つ
異臭を吸い込め
変態なき少女に懐胎はあるか
せめて
ふいいと彼女は顔を上げないのか
のん

《そこから立ち戻るどんな理由も少女には見つからないのだ》

アンシダン

廃くなった線路に覆いかぶさる高層マンションの窓に
蜘蛛は糸いぼをくゆらせ
びっしりネットを張った
卵の塊がぼたん雪のように泡をふき
八個の単眼が八千個に散らばり
初めは共喰い
じきに窓辺で欠落がはじまると
飢える彼らの故郷は
見えない黒い眼眼眼をとことんいたぶった
妙に華やいだ徒だった

そこで暗闇の子どもが育っていく

《1/4か所だけ拡がりがあるらしい　それもある一刻だけ
くっらっと血が逆流し　すぐすぐ　垂直落下　折れ　横に差し入れ
つっつぅと流れ込む　穴という穴から黒髪が剥離し　一瞬瞠目する
境界と鉢合う　かぎ裂きの裸軀は一気　果てまで跳ぶ　ああ　そこ
細部と出会う　世界が在る　あざやかに認識する　ひっぱたかれる！》

故郷？
眠りの端でしきりに泡立つものと
疾走りたい疾走りたい
そのために倒れようとするものと

郊外のどうしようもない荒れ地に
わたくしたちの地下図書室をつくる
ポンプが汚水を垂らしながら見張っている

擬場に漂着する空虚とやすらぎ
なぎ倒された駅舎そのもの
倉庫にも鉄橋にも堤防にもぶらさがっていた汚れた素足
豆選り場に落ちていた陰毛
炎の毛糸からしたたる涙
隣家は火事でずぶ濡れになったばかりなのだ
かあさんあなたももうすぐ偶景〈アンシダン〉へ消えるのですね
断片〈オトプケ〉は三次元の記号の下で瘡蓋になり
ぴくとも身動きしない蜘蛛たちの体液が
どんより満ちてくる

《伸縮するコバルトブルーの霧に濡れている小箱に詰めた胎児の気配
柔らかな緑の腋下をこすり上げる楽器の　はみ出ようとする哀しみと
内側の粘膜をしきりに洗う画家の悲嘆のフラッシュ　作品A
・・・・・・悲嘆は世界にちがいなかった・・・・・・・・》

《・・・・・・・・しかし　よくよく近づくと　霧は森の奥に失せ
死児は降りしきる落ち葉の陰で乾燥する水気を帯びた嘆きが乾燥する
わたくしたちは眼の残像　ずれに埋もれながら
ここで消えようとする
ピラピラピラピラピラ　生のまま　頬の痣は焦げつき　ままよ
1/4ゲートは世界が世界ではないことを・・・かろうじて記憶している》

朝がはじまってまだ終わらない

熊の匂いのする＊リリー＊

朝食前早起きな老人たちと花畑を見に行く
何気なくお茶に手がいくという感じ
夢見がちに静かに光り方向を捕らえながら　ゆくり
シャツの下からこみ上げる耐えがたいものの内で彼らは歩行する
見よ背丈の倍ほどにもなる百合の根元で自身がなんと小さいか驚きもしない
だいだいの首が空中の枝々をするする這い上がり
ふと忘れられた地霊の養分を吸い上げ
今にもぶち切れそうな血瘤を破り内側に反転するや

青空にパカッと開く
〈ストライク！〉身体は叫ぶ！
老人たちはふいに爆発し
そして　みるみる透けていく

彼らの角ばった言葉の傷が不意に這い出て
真っ平らになる自由になる

ふらふら　宿に戻るとご飯が待っていた
食べ尽くしたはずの食物がふと精子のようにかがやき
突然空中分解する宇宙船のようだと思う
尾の澄んだ朝が終わろうとしていた

灰の匂いのする＊ヒース＊

ぼちぼち先行っているから
三分離れ、目鼻がぼやける
五分離れ、勾配がまるくなる
もう十分して振り返る、だあれもいない
欲望が足らないのだよ！
朝はあんなに興奮していたのに　あんなに

じっと眼を凝らす、だあれもいない
睡ってしまったのかも知れない
〈途中〉・・・と、宙が浮く・・・と、ちゅう？・・・・
途中で睡ってしまったひとはどうすればいいのだろう・・・・・
ヒースの丘もこんな寂しい〈と、宙〉なのだろうか、

ずいぶん手間取っていた、発つ朝、裏地に気を取られ
老犬のように　腰が浮いていた
潜水艦は恐かった　ポッポッ話し始めた、旅《ミチ》のつづき、風化
未知〈あれは作り話ではなかった〉のですか、
命中〈いのちが、あたる〉はずだったという、・・・・死の鉄砲百合、
うわの空を辿る小径が赤く濡れている

起きなくていい、
もう生殖しない、きつい花粉の先がだらりと割れていた

　神の匂いのする＊グ　ミ＊

待ちながら・・・・、待ちながら、・・・・振り返る、
待ちながら、・・・・獨りになっていく、
だれもそうする

睡ってしまったひとは待つしかないのです
待つことだけが永遠をえいえんにする、たくらみ、

だれかの世界にいくというのはそういうこと、
大変だ、繋がるということ、や、信じること、や、
暑くならなければいいが、・・・待ちながら、・・・・・
炎の紡錘葉が墜ちた先、実のちらばりのようなものが現れていた

グミの赤い筒を両頬で包む
「グ」と「ミ」のこの上ない組み合わせに新しい唾液が溢れる
茱実は知らないのに　その瞬間のあじがする
グとミ　グ　ミ　グ　ミ　グミグミグミグミ　グ　ミグ
時間《とき》は膨らまず、みじかく、しかし、
そこに、詩がある、
《ミ》の残骸、・・・見るかげもなく捨て置かれた死の跡

とっ、〈と、宙〉のひとの傷口にグミが命中する
〈いのちが、あたる〉
還らない跡を、踏む
耐えがたいものの内で彼らは歩行をはじめる

今、野性の心臓に

幼年は一本につながって　漂っていた
遠く底の方に　あの頃の眼状斑が落ちていた
親指ほどの　せつない発光と
痛んだ　たくらみの舌と
夜毎吐きながら聴いた　物質のすすり泣く声

＊

多分どぜうは　何もかも見ていた
あいつが突っかかるように　息を吸うたび
口のまわりの五対の口髭が　現象をくゆらせ

昂るレモンを置いて逃げ去った者たちの寂寥と
けれども　かがやく野性の心臓を呼び起こした

＊

今も一本につながっているなんて　不思議だ
夜は　どこで眠るのか
こんな朝の混沌は　苦しくはないか
無意識の湿地にはびこる　悪意を追いかけ
つるりと剝けたどぜうの　ゼリーのような抱擁
いつでも　あいつに触るがいい

＊

幼年の濃い光の中で　時間の臓器は待っている

青

除外虫という青色の毒虫を口に入れ
もぐもぐ嚙みしだくと
口端からたらたらたらーり垂らしながら歩く
子どもの野蛮な遊びがあった

たらーりが広場に現れると子どもたちは逃げ惑い
忌み叫びながら敗北と共に連いてまわった
青い体液が眼に入ると
一生見えなくなるという代物だ

誰も一度はたらたらーりがやりたかった
たらーりさえできれば　蒼白の〈ナイチンゲール〉になれる
あの毒虫を独り占めにしていた奴らは
一人ずつ匂うようなおとなになっていったのだろう

今や惑星の何処にでも青色もどきは突き刺さるのだ
（くどいぞ）
あの日喪失った眼のよろこびも
ぞくぞく〈死〉の気配ももう覚えていない

自分で縛ったはずの紐も覚えていない
これは誰が裁く記憶なのだ
動く墨を喰らう毒々しい花嫁も
笑いながらフィルムに貼り付いていくよ

映っているよ
うつろな眼の〈ユビタワムレ〉は気持ち悪く
（くどいぞ）
あの日喪失った不幸の予感も

ぞっとする肉汁に浮かぶ
育ちすぎたべとべとの〈コトバ〉たちも
（くどいぞ）
シカリ　ベツッ　岩石山に登るとただ石ばかりだ

夜毎　つめたい月明かりが垂れ下がり
苔石が林立する空洞に消えては現れる
むかしむかしの動物よ
青い啼きウサギよ

（シカリ　ベツッ　石の眼　毒虫のように　見開いて）

みち花みち

石がうめき、涙がかわく、もう一息のところ、ちりちり、ちらばる松葉がごちる
やはり、ここがすごくいい、きっとつづいていく秋、松のだんご、子どものいのち
もんしろちょうの羽がぽったり太って、よろよろ飛ぶ、どんどん遠くなる
どんどん答えられなくなる、もう一息のところ

松葉をかき集め、燃やす、もっと集めておいで、できるだけ乾いたものを
そっと上辺だけをつまむように、もっと扇いで、もっともっと
子どもたちが見えなくなる、どんどん見えなくなる、曲がりくねって
遠く、消毒された美しい叫びが、おとなを不安にさせる

〈葵と夕顔を髪にかざして、
支度部屋から登場した力士の今を生きる
その輪郭と変わりない今を現したいと、
わたくしは思っていた。
花みちに突き出た変幻、
おどろおどろしいしかし、選ばれた情緒をともなう
花みちじしんの密葬。〉

燃える衣服をたたきながら、子どもが暴れる、暴れながらちらばる
もくもく、煙りと遊んでいるのか、困っているのか、どうしても分からない
喰いかじられた酸素、割れた地面、松葉の首が折れ
森林に、螺旋の血飛沫が流れ、うめきは不意に、中絶する

〈すばらしい、闘士！
塩にまみれた力士の仰向けの今を生きる

その嘔吐と変わりない違和を現したいと、
わたくしは願っていた。
花みちにこぼれおちた65刹那
突き出た腹から滑り落ちる青空、仮象としての裸体敗北
競技場からたちのぼる野次。〉

子どもは夕御飯を食べに帰ったきり、もう扉が開くことはなかった
神が天降る別れるところ、暗い断絶を嚙み嚙み、仲間を吹き消す、出生を吹き消す
おとながそんなことするなんて、犯しているなんて、異様に暴れる海馬
おとなの胎児よ、その生のでこぼこへ、静かに動悸するぐるぐるぐる空界へ

〈そこで会いたいの、絶対会いたいの
花びらを小さく切り刻んだその下で生きる
力士の口や耳や鼻の孔をふさぐ沈黙をほじくり、
こどもの音楽のような

真新しい言語を詰めたいと
わたくしは決めていた。
花みちの何処に埋まっているのか
腐らない死体の死体らしい静けさ。〉

せめて視覚からは離れていてほしかった、幾度打ち消しても消しても
巨大ソーセージのような塊が夜空を飛んでいた、いや、濡れながら
ぶよぶよ、ふくらんでいくように見えた、血のすじが破れていた、
かつて、子どもの顔の真ん中の、池に棲む、おもちゃのような微生物だった

〈くっくつっくっくっくつっくっ
ぶ厚い松葉の層で葬むられた花みちは
世界の側から来たものなのか、
力士じしんのまぼろしなのか、
その互いの関節ともいうべき

ぼろぼろのキメラの体内に
親しいものたちのうめきを聴く。
うめきは眼下を眺望する崖の穴
穴に共鳴し
しわがれた時間を迷走するおとなたちを
つぎつぎに生け捕るのだ。〉

流れて

ハレルヤー
原始新緑の葉脈さえ透き通る
初めの　一滴の聖水がその時
私の額から首筋へ流れつたったのは本当か
いや　羊水と血にまみれ翼を球根のように
埋めた固まりにすぎなかったのは本当か
人の真実がその瞬間に奪われてしまうのだ
知っている　いのち　無防備なかがやきが
そおぅと地球のあちこちの川に流されるのを

ヘブンリーメモリー
子どもは自然できれいだった
流れながら孤独や悲哀や恐怖だけでなく
青空や雲を眺めてはコトバを忘れ
小川のヤナギの木の下でたっぷり息を吸い
日長小魚と格闘する小漁師には安息があった
魂と軀は清水に溶け　混沌は悪戯も教えたが
夜中には泳ぎ廻る鯨にもなれた
秘密の場所にまで行き亘った畏怖とともに
私は十才になっていた

ワンダーミステリー
まるでパーマをかけたフィルムのように
何もかもちぐはぐで息苦しい　魚も消えた
川はどこまで続くのかどこまでも汚ない

誰も痒い裸を掻きむしりビルばかり見ている
危険な花火がしゅっしゅる宇宙を焦がし
群れなす鳥たちは灰色の雨に裂かれた
やがてすーすー川面に死紋がさざめき渡る
大人そっくりな未来が煌いていた

ディープリバー
両岸の景色はあっという間にすっ飛んだ
ここは何処なのか　時は短く素早かった
おかあさーん　この川でいいのですか
ここが昔むかしの流れであるなら
いつまでもいつまでもついていきます
母は河口を過ぎてもう黎いブルーの
水平線が堕ちる世界まで視えているのだ
おかあさーん　あのなま温かい液体は

何だったのですか　あの懐かしい流れ
母の影をこすりこすり今も今も熱くなるから

グッバイ　ジャーニー
思い出は国境を無視しながら重くなっていく
病気の動物達や腐った野菜のせいなのか
川は疲れ　淀み　やっと偽りの情景が
霧の向こうから見えてきたのだな
見て　隙間から蒼く発光する地球の
わずかな酸素をいったい誰にあげよう
流れていった〈夢みる人よ〉
流れていった〈イノセントよ〉
黒い時　やっと川のありようを
疑いとともに塗りつぶすに違いない
汚泥も海も黙ったままだ

ああ　風の椅子がぽつんと傾いでいる
思い出の遊び場は幻　もう誰も来ないのに
誰も何も見えないけれど　椅子が揺れている
揺れている

揺れている

詩　歴

倉内佐知子（くらうち　さちこ）

北海道帯広市生まれ。
処女詩集『恋母記』（私家版）で北海道詩人協会賞受賞。
第二詩集『それは欲望であったのか聞いてくれ』（私家版）
第三詩集『新懐胎抄』（書肆山田）で第29回北海道新聞文学賞・
第29回小熊秀雄賞受賞。
第四詩集『湿原─生き埋めのヴィジョン』（斜塔出版）
麻生直子『女性たちの現代詩 ── 日本100人選詩集』（梧桐書院）
に「生き埋めのヴィジョン」収録される。
日本現代詩人会会員

現住所　〒080-0311 北海道河東郡音更町南鈴蘭北４丁目７-11

涅槃歌《ねはんか》

著者
倉内《くらうち》佐知子《さちこ》

発行者
小田久郎

発行所
株式会社 思潮社
〒一六二―〇八四二 東京都新宿区市谷砂土原町三―十五
電話 〇三（三二六七）八一五三（営業）・八一四一（編集）
FAX 〇三（三二六七）八一四二

印刷所
株式会社 Sun Fuerza

製本所
誠製本株式会社

発行日
二〇〇九年六月三十日